日本一短い手紙とかまぼこ板の絵の物語

第3集

福井県坂井市・愛媛県西予市・公益財団法人 丸岡文化財団 編

中央経済社

ふみ／三宅　宏和（大阪府30歳）「ごめんなさい」（平成28年）入賞作品
え／河内　道江（広島県58歳）「紹介します‼ポッポクの嫁さん‼」（平成21年）入賞作品

「妻」へ
お姫様抱っこ
できなくてごめんね。
もっと鍛えるからね。
君は
そのままでいいよ。

ふみ・三宅宏和
え・河内道江

「天国の父さん」へ
この蚊が父さんの
生まれ変わりだったら
どうしよう
と思いつつも
バシッと叩きました。

ふみ・山下菜香
え、藤島亜佑子

ふみ／山下　菜香（福井県 35歳）「ごめんなさい」（平成28年）入賞作品
え／藤島　亜佑子（徳島県 中学2年生）「吸って吸われて」（平成12年）入賞作品

ふみ／小川　桃果（千葉県 6歳）「ごめんなさい」（平成28年）入賞作品
え／加島　一美（福岡県 42歳）「ひがえりべんとう？」（平成23年）入賞作品

「ママ」へ
てづくりのコロッケ
おいしいよ。
だけど
おみせでかうママ
みてしまった
ごめんなさい。

ふみ、小川桃果
え、加島一美

「閻魔大王様」へ
ごめんなさい。
到着が少々遅れます。

まだ九十三歳。
至《し》極《ごく》、元気です。

ふみ、中村達夫
え、久保良勝

ふみ／中村　達夫（福井県93歳）「ごめんなさい」（平成28年）入賞作品
え／久保　良勝（愛知県69歳）「アイドルですが・・何か!?」（令和元年）応募作品

ふみ／鈴木　なほこ（栃木県34歳）「ごめんなさい」（平成28年）入賞作品
え／岩崎　ゆめ（愛知県19歳）「愛情」（平成26年）入賞作品

「誠さん」へ
いつも
同じようなお弁当で
ごめんなさい。
まさか職場で
〝A定食〟
と呼ばれてるとは…。

ふみ・鈴木なほこ
え・岩崎ゆめ

「お父さん」へ
メールや電話、
しつこすぎて着信拒否。

愛されすぎて
ごめんなさい。

ふみ、杉本梨衣
え、西尾正光

ふみ／杉本 梨衣（岐阜県15歳）「ごめんなさい」（平成28年）入賞作品
え／西尾 正光（京都府73歳）「アレ！サルが」（平成27年）応募作品

ふみ／大橋　路代（愛媛県49歳）「ごめんなさい」（平成28年）入賞作品
え／安藤　泉実（香川県11歳）「食べ物の世界へ流れ着く」（平成26年）入賞作品

「一期一会の
やさしい人」へ
幼い日の帰り道、
桃をくれた
おばあちゃん。
童話を信じ、
川に流して、
ごめんなさい

ふみ、大橋路代
え、安藤泉実

「天国の母」へ

お母さん、ごめんなさい。
あなたの優しさに甘え
話し相手になれなかった。
後悔してます

ふみ・白石育子
え・菊地恭子

ふみ／白石　育子（愛媛県64歳）「ごめんなさい」（平成28年）入賞作品
え／菊地　恭子（北海道）「母の日によせて」（平成15年）入賞作品

ふみ／井上　美津江（福岡県72歳）「ごめんなさい」（平成28年）入賞作品
え／伊藤　純子（愛媛県72歳）「あっ！ごきぶり」（平成30年）応募作品

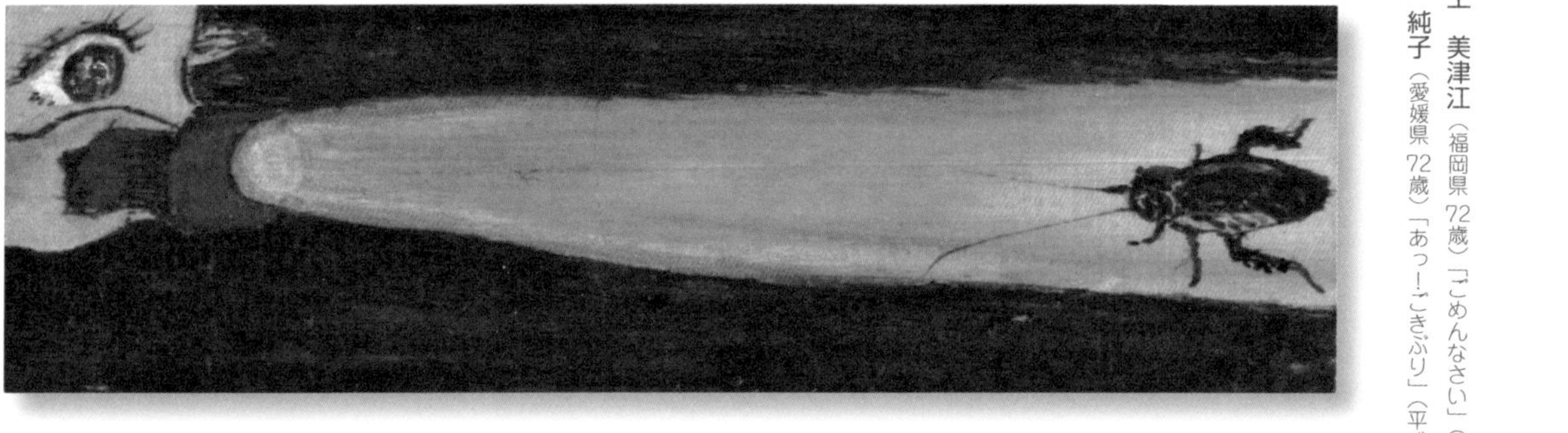

「パパ」へ
ゴキブリを
見かけると、
手にはいつも
パパのスリッパ、
パパ
ごめんなさい。

ふみ、井上美津江
え、伊藤純子

「ダイエット中の二女」へ
食べたら太る。
食べずとも太る。

許せ娘よ。
どうやらお前は、
父の血統だ。

ふみ、猪野祐介
え、松野文子

ふみ／猪野　祐介（鹿児島県 49歳）「ごめんなさい」（平成28年）入賞作品
え／松野　文子（佐賀県 31歳）「まちがいなく親子！」（平成24年）入賞作品

ふみ／稲垣　みね子（三重県 76歳）「先生」（平成30年）入賞作品
え／後藤　重夫（東京都 70歳）「お世話になっています」（平成27年）入賞作品

「主治医の先生」へ
診察の度に
「ああ加齢ね。加齢だよ」
と言わないで。

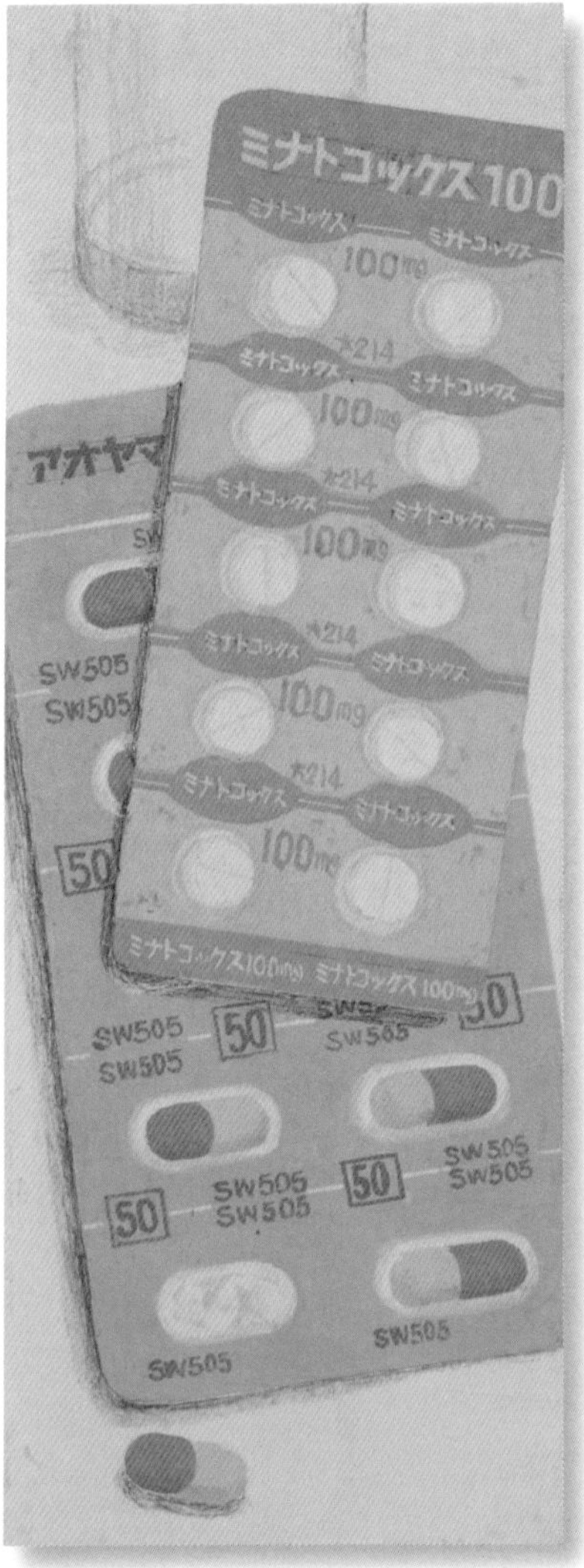

「綺麗、綺麗だよ」
と言って下さい。

ふみ、稲垣みね子
え、後藤重夫

「小五の時の担任の先生」へ
「人にした事は戻ってくるぞ」は
真実でした。

先生に
つるっぱげと言って
後悔してます。

ふみ、福永行男
え、中保稔

ふみ／福永　行男（鹿児島県 71歳）「先生」（平成30年）入賞作品
え／中保　稔（東京都 70歳）「自画像『あれから50年』」（平成28年）応募作品

ふみ／井上　蒼和（大阪府11歳）「先生」（平成30年）入賞作品
え／新田　憲明（香川県67歳）「枯葉のメロディ」（平成30年）応募作品

「音楽の先生」へ
右手は指文字、
左手は指揮棒。
こんな事できるのは
世界でも先生だけ。
音楽って楽しい！

ふみ、井上蒼和
え、新田憲明

「にこにこ顔の先生」へ

休み時間にみんな、
先生のつくえに
あつまる。

先生がわらうと
わたしもわらう。

ふみ・上野愛結
え・平山順一

ふみ／上野　愛結（大阪府　8歳）「先生」（平成30年）入賞作品
え／平山　順一（福岡県　29歳）「ライオン先生」（平成24年）入賞作品

ふみ／壱貫田　富美（東京都 46歳）「先生」（平成30年）入賞作品
え／井上　英海（福岡県 14歳）「夢にうもれる」（平成30年）応募作品

「国分先生」へ

「上手、上手」
にっこり私の生花全部抜く。

先生の手から
花の息吹。
世界一の魔法使い。

ふみ、壱貫田富美
え、井上英海

ふみ／都筑　祐介（愛知県 26歳）「先生」（平成30年）入賞作品
え／松下　雄宇（愛媛県 16歳）「Night･Drive」（平成30年）入賞作品

「鬼監督」へ
「人の役に立ちなさい」
あなたの教えを胸に、
今日も僕は
救急車のハンドルを
握ります。

ふみ、都筑祐介
え、松下雄宇

ふみ／大江　遼（兵庫県　9歳）「先生」（平成30年）入賞作品
え／武　周吾（徳島県　12歳）「数学の時間」（平成27年）入賞作品

「先生」へ

先生、
たまには宿題
お休みでもいいんやで。

先生も休んでや。

ふみ、大江遼
え、武周吾

「先生」へ
ぼくはいつか、
銅像ができるほどの
大人になります。

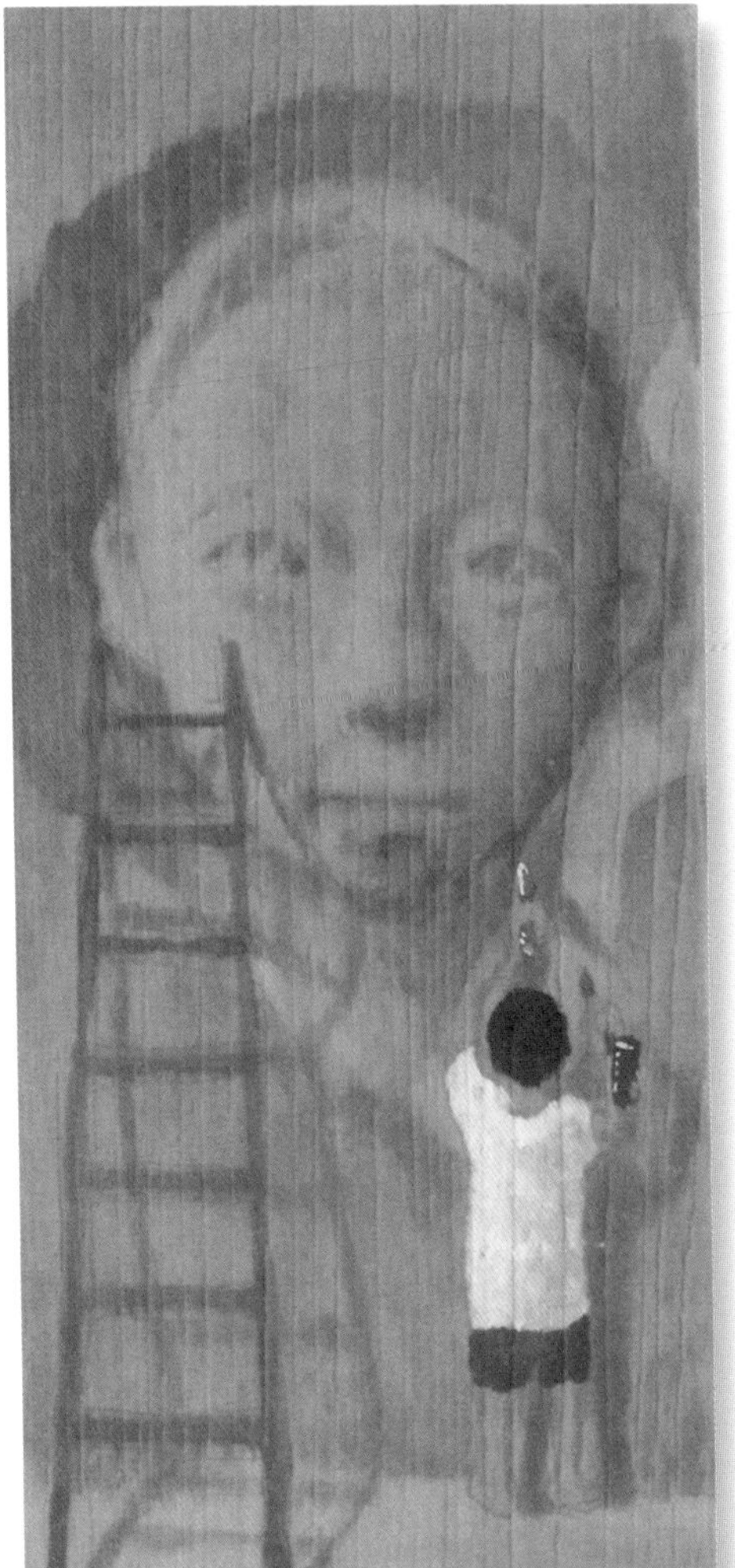

除幕式には来て下さい。

ふみ、仲地快晴
え、溝内滋

ふみ／仲地　快晴（沖縄県13歳）「先生」（平成30年）入賞作品
え／溝内　滋（香川県17歳）「彫刻」（平成12年）入賞作品

ふみ／中根　悠貴（茨城県17歳）「春夏秋冬」（平成31年）入賞作品
え／望月　遥（愛知県21歳）「母」（平成28年）入賞作品

「母」へ

俺が
季節の変化に気づくのは、

いつも、
母さんのお弁当を
開いたときです。

ふみ・中根悠貴
え・望月遥

「お母さん」へ
男男女の
念願の女の子
だと言っていたけど、
私に
海水パンツを
はかせていたよね？

ふみ、佐藤友美
え、岡崎光春

ふみ／佐藤　友美（愛知県43歳）「春夏秋冬」（平成31年）入賞作品
え／岡崎　光春（香川県55歳）「健康家族」（平成24年）入賞作品

ふみ／宮﨑　佳帆（福井県　12歳）「春夏秋冬」（平成31年）入賞作品
え／照井　弘美（岩手県　36歳）「どんどん持ってきて」（平成28年）入賞作品

「お母さん」へ
お母さん。
食欲の秋は
たくさん食べて
しまうと言うけど、
365日
ずっと秋じゃないよ。

ふみ・宮﨑　佳帆
え・照井　弘美

ふみ／松浦　孝一（福井県 7歳）「春夏秋冬」（平成31年）入賞作品
え／中川　雅之（愛媛県 48歳）「おおきな獲物」（平成29年）入賞作品

「生きもの」へ
お花さん
こんにちは。
虫さん
こんにちは。
みんな春って
わかるんだ。
ふしぎだね。

ふみ、松浦孝一
え、中川雅之

ふみ／藤田　春生（福井県15歳）「春夏秋冬」（平成31年）入賞作品
え／小山　明子（千葉県39歳）「一杯の珈琲の向こうに見える喜怒哀楽」（令和元年）入賞作品

「お母さん」へ
ときに温かく、ときに熱い。
ときに彩やかで、ときに冷たい。

母の心にも、四季がある。

ふみ・藤田春生
え・小山明子

「住宅展示場の
ウルトラマンショーのウルトラマン」へ

本当に
3分で勝負つけないと、
この暑さ、

先に熱中症で
怪獣がダウンしちゃうよ！

ふみ、中村康二
え、谷口剛司

ふみ／中村　康二（愛知県 65歳）「春夏秋冬」（平成31年）入賞作品
え／谷口　剛司（愛媛県 14歳）「ウルトラマンゼロ」（平成29年）応募作品

ふみ／石垣　夕香（大阪府 42歳）「春夏秋冬」（平成31年）入賞作品
え／照井　弘美（岩手県 35歳）「暑い日」（平成27年）入賞作品

一筆啓上「エアコン嫌いな夫」へ
寝室に
エアコンつけて下さい。

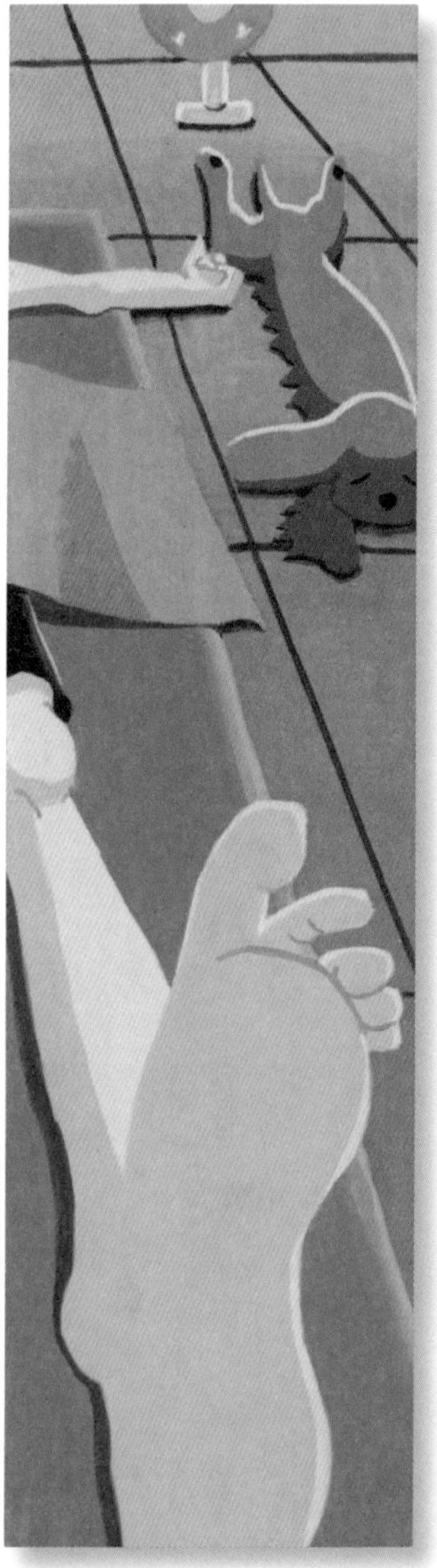

夏の朝、
34度の部屋に
生存確認しに行くのは
怖いのよ。

ふみ、石垣夕香
え、照井弘美

「絵美」へ
秋なのに
3年ぶりの
春が来たかも！
至急、
女子会開催＆
作戦会議に
ご協力下さい。

ふみ、中村友子
え、相原正志

ふみ／中村　友子（兵庫県42歳）「春夏秋冬」（平成31年）入賞作品
え／相原　正志（愛媛県56歳）「恋のお話し」（平成23年）入賞作品

ふみ／森本　絵美子（島根県 72歳）「春夏秋冬」（平成31年）入賞作品
え／栗田　みち代（広島県 68歳）「毎年ありがとう。上岡さんちの柚子」（平成28年）入賞作品

「亡き夫」へ
貴方が植えたゆずの木に

生きた証がすずなりに、
実をつけました。

ふみ、森本絵美子
え、栗田みち代

「亡き母」へ

エアコンも無い夏の日、
ブラウスにアイロンかけてくれたね。

蝉の声聞くと
思い出すよ。

ふみ・藤巻優子
え・大塚小津江

ふみ／藤巻　優子（宮城県 73歳）「春夏秋冬」（平成31年）入賞作品
え／大塚　小津江（大阪府 43歳）「残夏」（平成30年）入賞作品

ふみ／西田　亜弓（徳島県　52歳）「春夏秋冬」（平成31年）入賞作品
え／成宮　菜津子（愛媛県　14歳）「縁側のこもれ日」（平成28年）入賞作品

「我が家のネコ」へ

冬になったら
日なたぼっこしているキミに
しみこんだ
お日さまのにおいが
大好き。

ふみ、西田亜弓
え、成宮菜津子

ふみ／森田　真琴（福岡県17歳）「春夏秋冬」（平成31年）入賞作品
え／黒岩　靖子（佐賀県57歳）「初恋の頃」（平成26年）入賞作品

「春」へ
もうずっと
夏と秋と冬でいい、
だって
卒業なんかしたくないよ。

ふみ・森田真琴
え・黒岩靖子

ふみ／千々岩　律子（長崎県79歳）「春夏秋冬」（平成31年）入賞作品
え／和田　恵子（群馬県71歳）「どれどれ出かけてみるか。」「ただいま（1人生活）」（平成30年）入賞作品

春夏秋冬《はるなつあきふゆ》

「あなた」へ

一緒にいたら短いのに
一人になったら
何と
ながいのでしょう

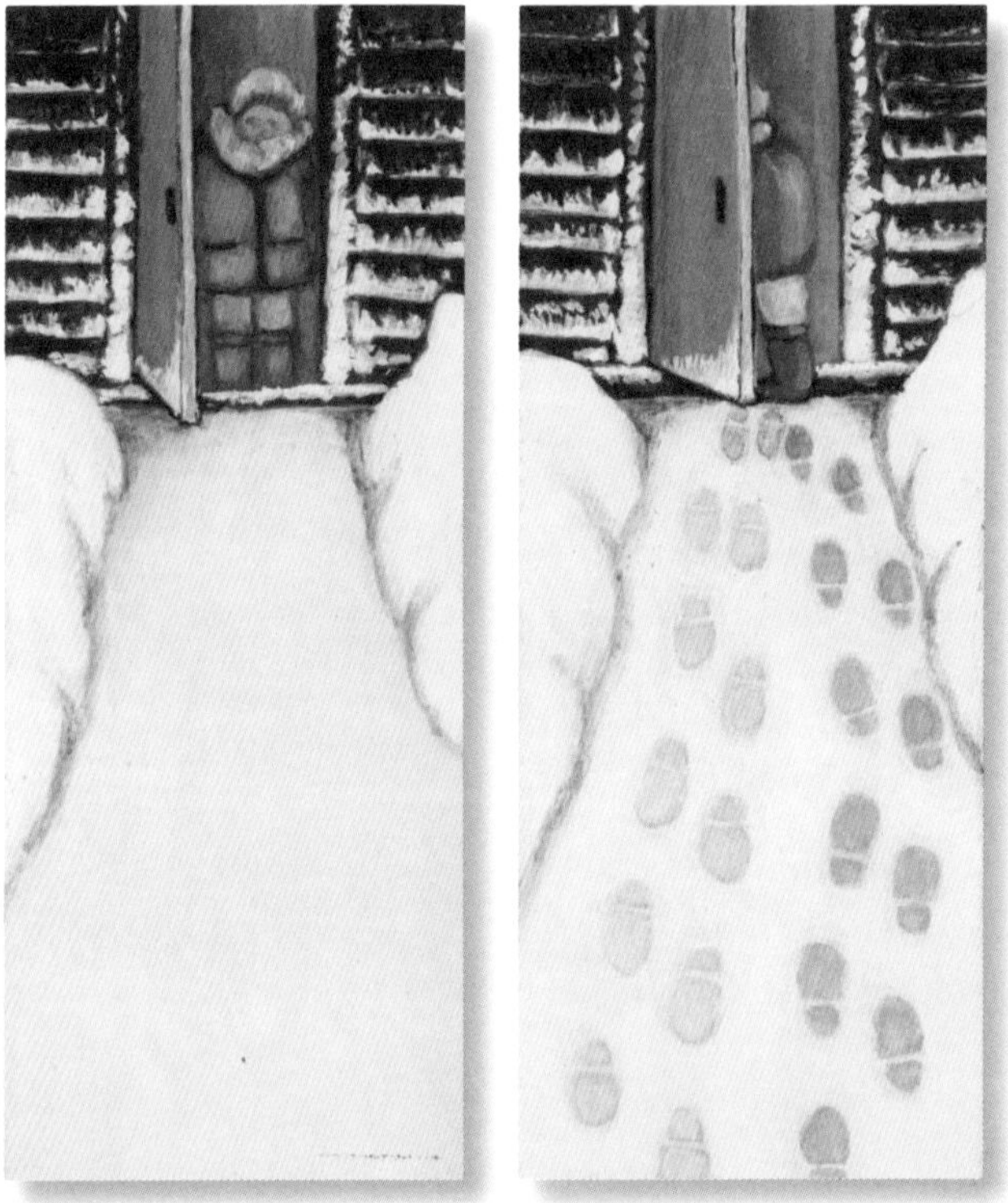

ふみ、千々岩 律子
え、和田 恵子

「お母さん」へ

「貴女は親切ね。
優しくていいお母さんに
育てられたのね。」

私は、お母さんの娘ですよ。

ふみ、伊藤磨理子
え、寺門夏希

ふみ／伊藤　磨理子（神奈川県68歳）「笑顔」（令和2年）入賞作品
え／寺門　夏希（長野県23歳）「お母さんいつもありがとう」（平成30年）応募作品

ふみ／佐藤　浩子（新潟県 49歳）「笑顔」（令和2年）入賞作品
え／髙橋　幸雄（山形県 60歳）「高砂や〜〜っ！」（平成26年）入賞作品

「夫」へ
結婚式で
白無垢綿帽子の
私に、
満面の笑みで
「リアルオバQ」
って言ったの
忘れないから

ふみ、佐藤浩子
え、髙橋幸雄

ふみ／上田　泰守（神奈川県15歳）「笑顔」（令和2年）入賞作品
え／森本　修（京都府70歳）「孫のいたずら」（平成29年）入賞作品

「自分」へ
説教中、
親を
笑顔で見つめたら
もっと怒られました。
もう私は
天使では
ないようです。

ふみ・上田泰守
え・森本　修

ふみ／福島　れい子（和歌山県）「笑顔」（令和2年）入賞作品
え／宮田　菜美子（大阪府27歳）「プチャー」（平成27年）入賞作品

「36歳になった娘」へ
風呂場より
貴女とパパの笑い声。
無事に過ごせた一日を
ママは
笑顔とタオルで
迎へます。

ふみ、福島れい子
え、宮田 菜美子

「おばあちゃん」へ
傘の下は晴れじゃと、
どしゃ降りの中を
笑顔で出かける

その姿に勇気をもらっています。

ふみ・浅井世津
え・玉井人道

ふみ／浅井　世津（兵庫県55歳）「笑顔」（令和2年）入賞作品
え／玉井　人道（京都府66歳）「傘の花」（平成28年）応募作品

ふみ／定谷　朋佳（東京都）「笑顔」（令和2年）入賞作品
え／富松　楓子（熊本県23歳）「一瞬」（平成30年）応募作品

「自分」へ
出場した大会で
一人だけ
予選通過
できなかったね。
笑顔で
おめでとうが言えて
凄いよ。

ふみ・定谷朋佳
え・富松楓子

「八十五才の夫」へ

笑顔で
手をつないで歩くと
二十才若く見えるそうよ。

今暗くなったら
やってみようね。

ふみ、牧田美和子
え、沼田博美

ふみ／牧田　美和子（静岡県）「笑顔」（令和２年）入賞作品
え／沼田　博美（愛媛県　76歳）「絵は私の履歴書」（平成21年）応募作品

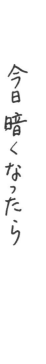

ふみ／杉下　和輝（熊本県15歳）「笑顔」（令和2年）入賞作品
え／戎　優香（愛媛県17歳）「出会いと別れ」（平成29年）応募作品

「僕」へ
愛想笑いが止まらない。
あくびでしか涙が出ない。

本当の僕は
一体何処にいるんだろう。

ふみ・杉下和輝
え・戎　優香

「四十年
連れ添う妻」へ
沢庵
繋ったままやし
息子を
猫の名前で
呼ぶし
口あけて寝てるし
いつも笑顔やし
ありがと

ふみ・赤城嘉宣
え・中村幸子

ふみ／赤城　嘉宣（大阪府67歳）「笑顔」（令和2年）入賞作品
え／中村　幸子（神奈川県71歳）「笑ってね」（平成30年）応募作品

ふみ／大石　さち子（神奈川県 63歳）「笑顔」（令和2年）入賞作品
え／西山　千秋（神奈川県 64歳）「うっ…ぷは〜〜」（平成27年）入賞作品

「退職した夫」へ

一筆啓上
笑顔枯らすな
銭残せ

ふみ、大石さち子
え、西山千秋

「自分」へ
笑顔はお金で
買えないはずなのに、
どうして給料もらって
ニコニコするんですか。

ふみ、半澤鈴之介
え、中栄信男

ふみ／半澤　鈴之介（福井県16歳）「笑顔」（令和2年）入賞作品
え／中栄　信男（大阪府79歳）「ジャパニーズコイン」（平成30年）応募作品

ふみ／保田　健太（神奈川県 26歳）「笑顔」（令和2年）入賞作品
え／福与　みちよ（神奈川県 63歳）「ウフッ…、気分転換！」（平成25年）応募作品

「母」へ
僕が失敗した時
「やったね！
成長するチャンス！おめでとう！」

踊る母に大笑いしたよ。

ふみ・保田健太
え・福与みちよ

「優しいママ」へ
子供たちへ
「怒らないから言ってごらん」
という時の、
あなたの笑顔が一番怖い。

ふみ・古池勝
え・酒井愛弓

ふみ／古池　勝（富山県 50歳）「笑顔」（令和2年）入賞作品
え／酒井　愛弓（岐阜県 54歳）「おこらないで」（平成30年）入賞作品

ふみ／林田　美奈子（熊本県 34歳）「笑顔」（令和2年）入賞作品
え／山本　すみ江（愛媛県 68歳）「笑顔」（平成29年）入賞作品

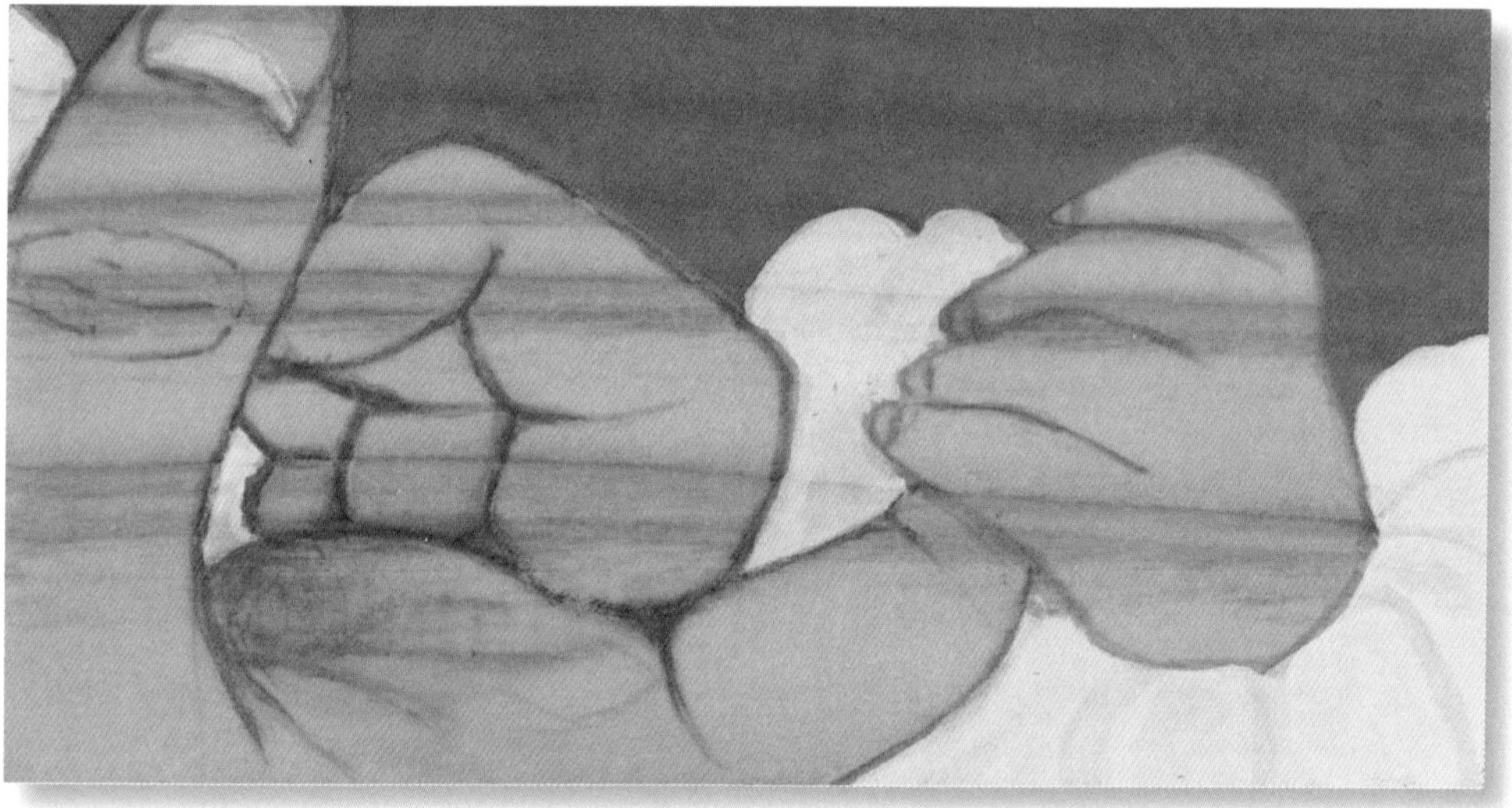

「母ちゃん」へ
お空から
一日だけ
帰って来れませんか。
この小さな笑顔に
会わせたいよ。

ふみ・林田美奈子
え・山本すみ江

「新幹線で隣席だった
おばあさん」へ

目覚めると
隣席で
にっこりとうまそうに
食べてたみかん、
あれ
僕のだったんですよ。

ふみ・山下真宏
え・中栄信男

ふみ／山下　真宏（兵庫県68歳）「笑顔」（令和2年）入賞作品
え／中栄　信男（大阪府75歳）「愛媛のみかんは旨い。」（平成26年）入賞作品

ふみ／松尾　恵美子（宮崎県70歳）「笑顔」（令和2年）入賞作品
え／森谷　良子（大阪府71歳）「コスモス」（平成24年）応募作品

「天国のお母さん」へ

コスモスみたいな笑顔ね
と言ってもらっていた
私も七十歳。

ドライフラワーになりました

ふみ・松尾恵美子
え・森谷　良子

「おじいちゃんおばあちゃん」へ
まいにちせおっていくランドセル。

かえるときには
たのしかったことで
いっぱいになるよ

ふみ・渡邊愛子
え・児玉美彩

ふみ／渡邊　愛子（青森県７歳）「笑顔」（令和２年）入賞作品
え／児玉　美彩（千葉県17歳）「通学路」（令和元年）入賞作品

ふみ／今野　芳彦（秋田県73歳）「笑顔」（令和2年）入賞作品
え／西森　菜美（愛媛県31歳）「ばあちゃんと糸でんわ」（平成29年）応募作品

「娘」へ
マスク外し
二メートルの距離で
糸電話、
孫も婆も嬉しそうです。

ふみ・今野芳彦
え・西森菜美

「ばあば」へ
くるくるパーマのあたま。
へんてこりんな
うたを歌って笑わせてくれる

ばあばだいすき。

ふみ・泉田陽大
え　井原　伸

ふみ／泉田　陽大（福島県６歳）「笑顔」（令和２年）入賞作品
え／井原　伸（香川県69歳）「お代は、えがお」（平成23年）入賞作品

ふみ／星　みゆき（福島県48歳）「笑顔」（令和2年）入賞作品
え／石川　和市（愛知県59歳）「心をひとつに！」（平成23年）入賞作品

「青空の息子達」へ
再会は、
涙混じりの笑顔かな。
思い出と共に
精一杯生きるよ。
虹のたもとで
待っててね。

ふみ・星　みゆき
え・石川和市

「母さん」へ

私はね、
母さんの眉間の川より、
目尻の三の字が好きなんだ。

毎日笑わせてあげるね。

ふみ、羹藝智
え、西森菜美

ふみ／**羹藝　智**（千葉県14歳）「笑顔」（令和2年）入賞作品
え／**西森　菜美**（愛媛県32歳）「ばぁちゃん、大根ありがとう」（平成30年）応募作品

ふみ／岩瀬　怜（東京都 41歳）「笑顔」（令和2年）入賞作品
え／灰谷　眞由美（広島県 64歳）「来し方」（平成25年）入賞作品

「亡くなったおばあちゃん」へ
悲しい時こそ笑え。
その教えを葬式で試したけど、
しょっぱいなあ。
笑いながら泣くと。

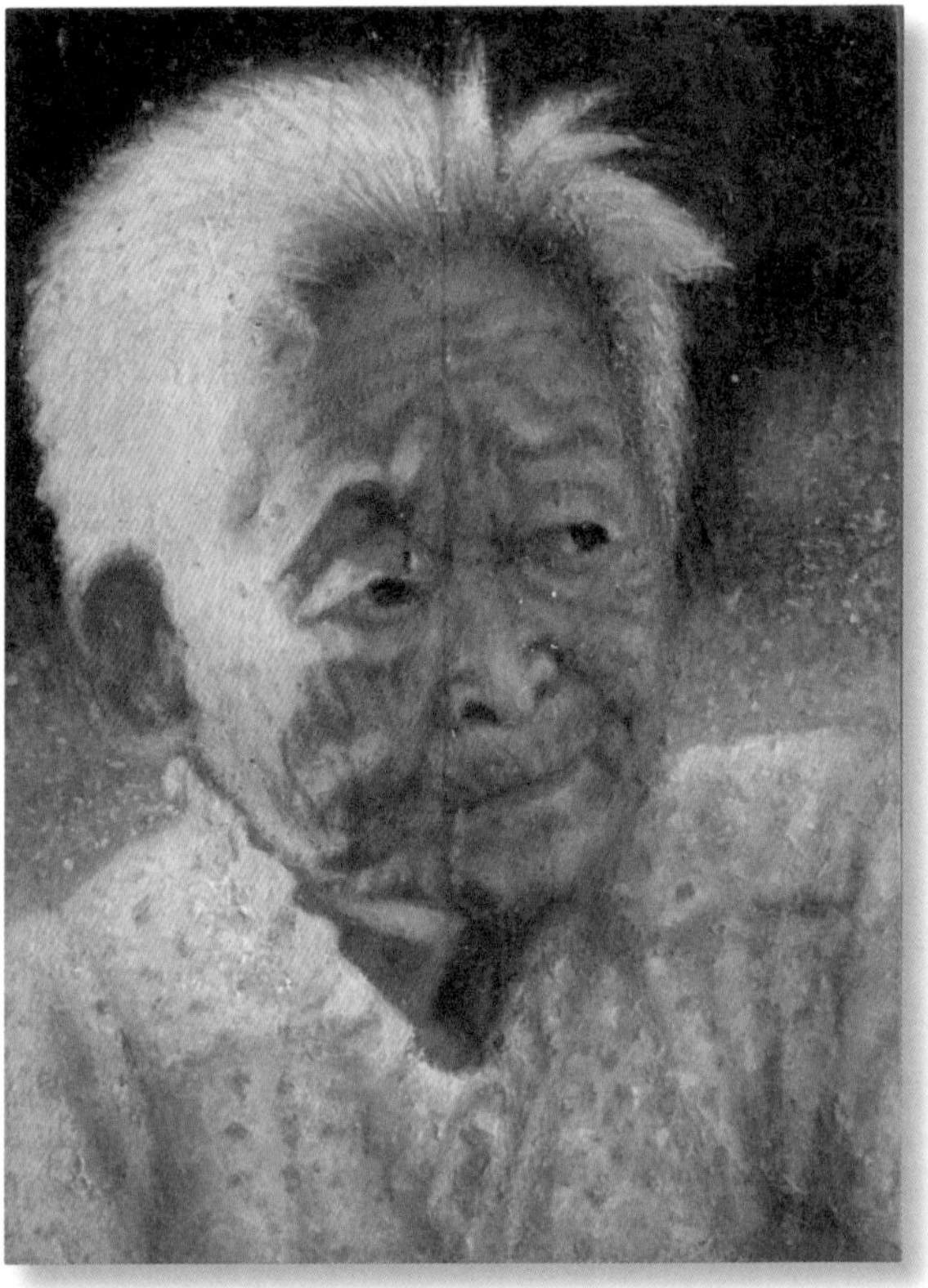

ふみ・岩瀬怜
え・灰谷眞由美

「おとうと」へ
あなたのえがお！
かわいすぎて
目がはなせません。

ふみ、荏原可鈴
え、林ふさこ

ふみ／荏原　可鈴（東京都　5歳）「笑顔」（令和2年）入賞作品
え／林　ふさこ（愛媛県　68歳）「好きなんよ」（平成28年）入賞作品

ふみ／渡邊　千鶴子（東京都 68歳）「笑顔」（令和2年）入賞作品
え／渡辺　敬夫（山梨県 32歳）「心安らぐ子供（息子）の笑顔」（平成21年）応募作品

「40才の息子」へ
むかし、
天丼の大きなエビ天みた

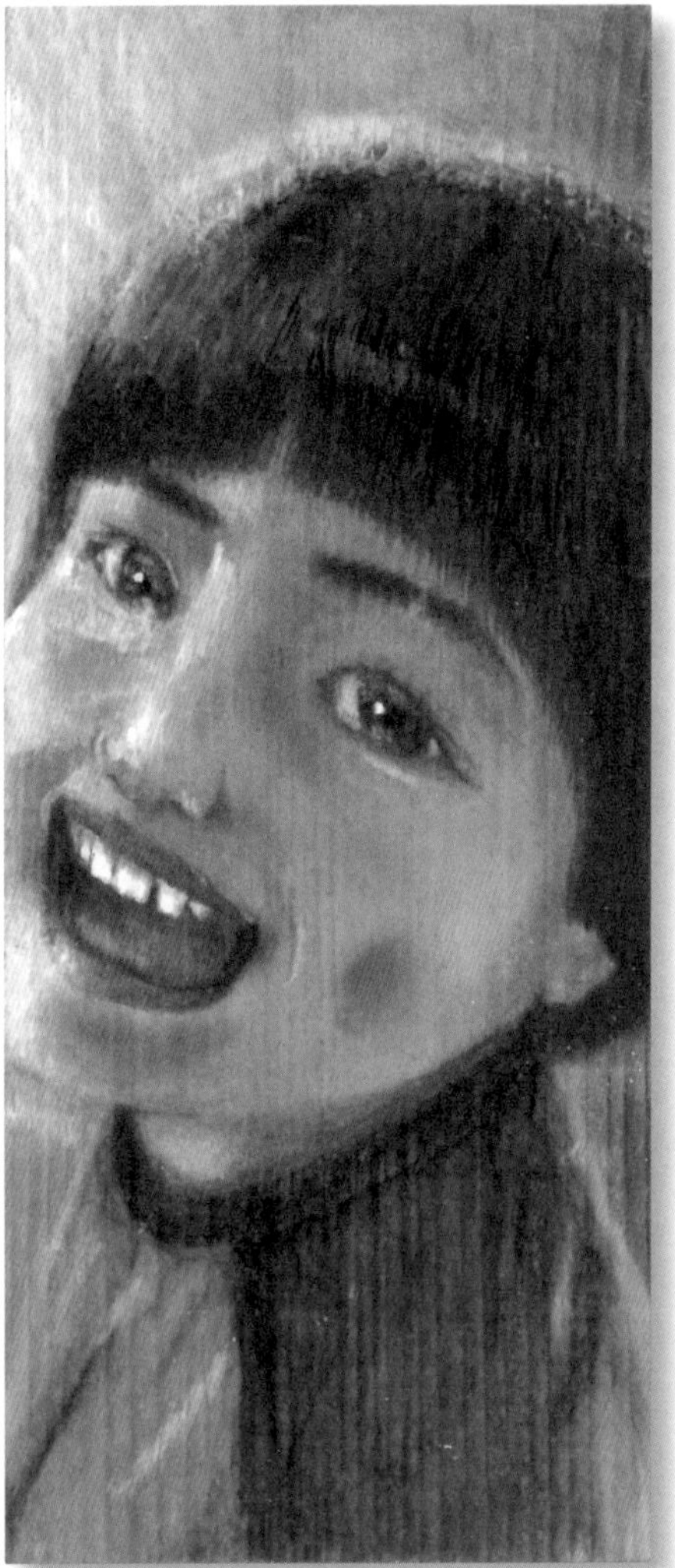

きみの
〃うふー〃の笑顔、忘れない。

ふみ・渡邊千鶴子
え・渡辺敬夫

席を譲ってくれた
強面のお兄さんに、
ありがとうと言ったら
照れた笑顔が素敵でした。

ふみ・中村小夜美
え・猪田育久

ふみ／中村　小夜美（神奈川県69歳）「笑顔」（令和2年）入賞作品
え／猪田　育久（滋賀県37歳）「負けるな！自分」「逃げるな！自分」（平成22年）入賞作品

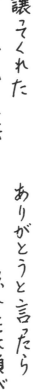

ふみ／井元　美咲（福井県11歳）「笑顔」（令和2年）入賞作品
え／小林　広美（福岡県50歳）「じいちゃん、大～好き！」（平成21年）入賞作品

「おじいちゃん」へ

会えないからと、
図書券送ってきてくれた。

おじいちゃんの
笑顔つきじゃなきゃつまらん

ふみ・井元美咲
え・小林広美

「新入社員」へ
課長の笑顔に
だまされるな！

あの顔は、残業の合図だ。

ふみ・松田良弘
え・中俣稔

ふみ／松田　良弘（大阪府45歳）「笑顔」（令和2年）入賞作品
え／中俣　稔（東京都64歳）「お父さんはご機嫌」（平成23年）入賞作品

ふみ／磯本　彩歌（熊本県10歳）「笑顔」（令和2年）入賞作品
え／松永　紗弥（静岡県14歳）「四季をともに過ごした大切な人」（令和元年）応募作品

「友達」へ

あいさつの声は、
友達のほうが大きいが、

笑い声は、
わたしのほうが大きい。

ふみ・磯本彩歌
え・松永紗弥

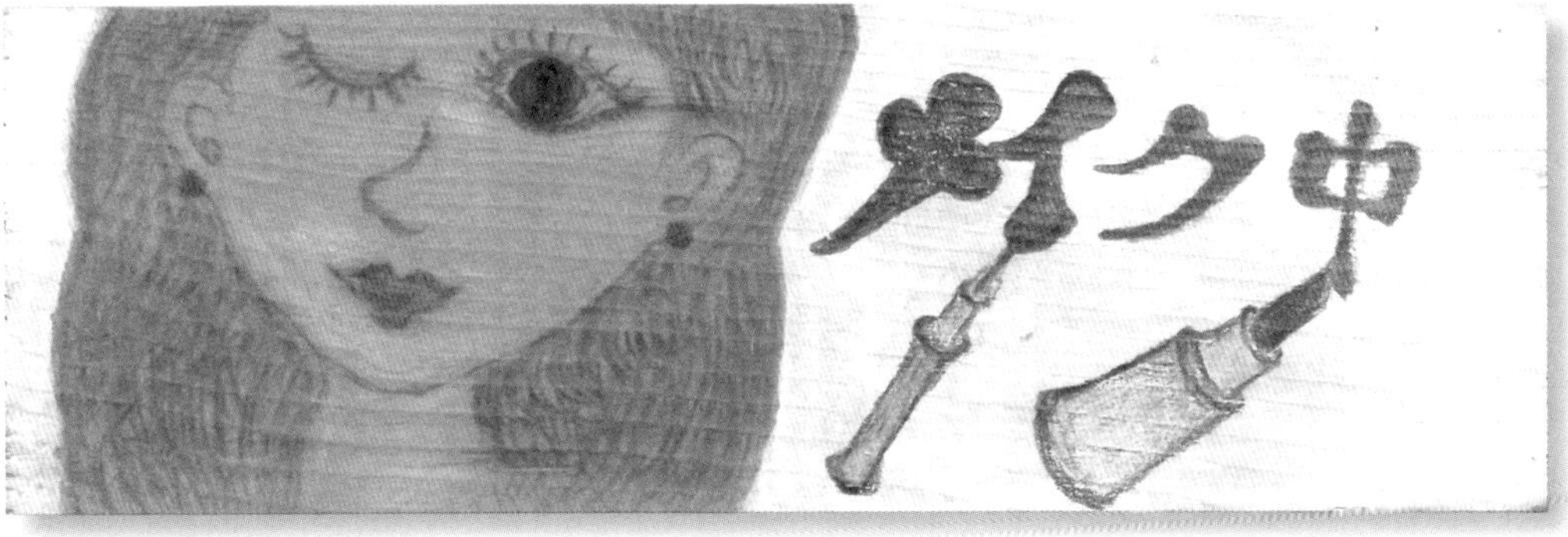

「母」へ
「女の化粧は笑顔よ。」
と言っていたのに、
もう三十分待ってるよ。
散歩に行くんだよね？

ふみ・鍋山晟吾
え・原　恵

ふみ／鍋山　晟吾（鹿児島県16歳）「笑顔」（令和2年）入賞作品
え／原　恵（愛媛県51歳）「木の節目メイク中～『セクシー目力ハンパね～!!』」（令和元年）応募作品

ふみ／佐藤　光璃（青森県16歳）「笑顔」（令和2年）入賞作品
え／大村　育世（静岡県42歳）「あま～い幸せ」（平成22年）入賞作品

「ママ」へ
「食べてる時が、一番いい顔だね。」
私を太らせる
悪魔の一言。
だから、
もう禁句だよ？

ふみ、佐藤 光璃
え、大村 育世

「息子」へ

「はあ。しわよせー。」
ちょっとおしい
あなたの一言を聞いて

眠りにつく毎日が
母は幸せ。

ふみ、石井有希子
え、二見千恵子

ふみ／石井　有希子（熊本県36歳）「笑顔」（令和2年）入賞作品
え／二見　千恵子（宮崎県67歳）「泣きつかれてママの掌で見る夢」（平成30年）入賞作品

あなたに会えて本当に
よかった。

ある日のこと、
日本一短い手紙とかまぼこ板の絵が
出会いました。
馬が合いそうだなぁ～と思った。
かまぼこ板の絵が言いました。
「一緒にコラボしませんか？」
日本一短い手紙が
にっこり笑いながらうなずきました。
そんな出会いに、
まわりの仲間からも大きな拍手！
「世界一大きな感動物語」の
はじまり　はじまり

あなたに出会ったこと
忘れない。

〈福井県坂井市〉

〈愛媛県西予市〉

本文中の〝ふみ〟の出典は略称を用いています。
正式名は以下のとおりです。

「ごめんなさい」……………日本一短い手紙「ごめんなさい」
「先生」…………………………日本一短い「先生」への手紙
「春夏秋冬」…………………日本一短い手紙「春夏秋冬」
「笑顔」…………………………日本一短い手紙「笑顔」

協力者――――三上栄子

日《に》本《ほん》一《いち》短《みじか》い手《て》紙《がみ》とかまぼこ板《いた》の絵《え》の物《もの》語《がたり》 第3集

2021年11月10日　初版第1刷発行

編　者　福井県坂井市・愛媛県西予市・
　　　　公益財団法人丸岡文化財団

発行者　山　本　時　男

発行所　株式会社中央経済社

〒101-0051　東京都千代田区神田神保町 1-31-2
電話 03（3293）3371（編集部）
03（3293）3381（営業部）
https://www.chuokeizai.co.jp
振替口座　00100-8-8432

印刷･製本　株式会社大藤社

ISBN978-4-502-40881-6 C0095

本書についてのお問い合わせ先

〒910-0298
福井県坂井市丸岡町霞町 3-10-1
公益財団法人 丸岡文化財団
TEL 0776-67-5100 FAX 0776-67-4747
http://maruoka-fumi.jp
E-mail:bunka@mx2.fctv.ne.jp

〒797-1717
愛媛県西予市城川町下相 680 番地
西予市立美術館　ギャラリーしろかわ
TEL 0894-82-1001 FAX 0894-82-0756
https://www.city.seiyo.ehime.jp/miryoku/galleryshirokawa/index.html
E-mail:s-gallery@city.seiyo.ehime.jp